MW00962764

Chien et chat

Chien et chat

Paul Fehlner

Illustrations de Maxie Chambliss

Texte français de Nicole Michaud

Éditions
SCHOLASTIC

Le chien est vieux.

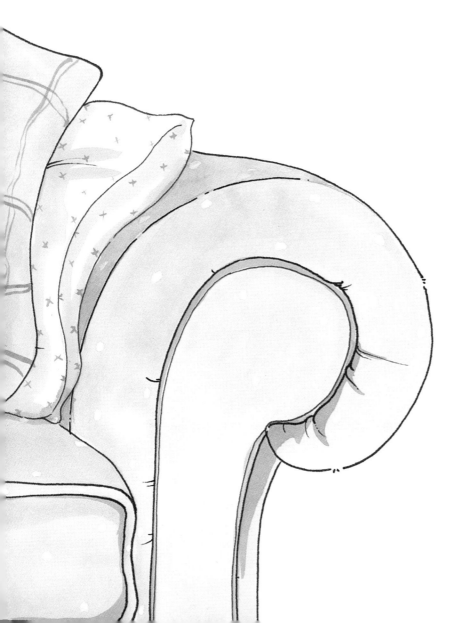

Le chat est gros.

Le très vieux chien

ne peut pas courir après le chat.

Le chien est vieux,

mais pas le chat.

Le chien ne peut pas courir

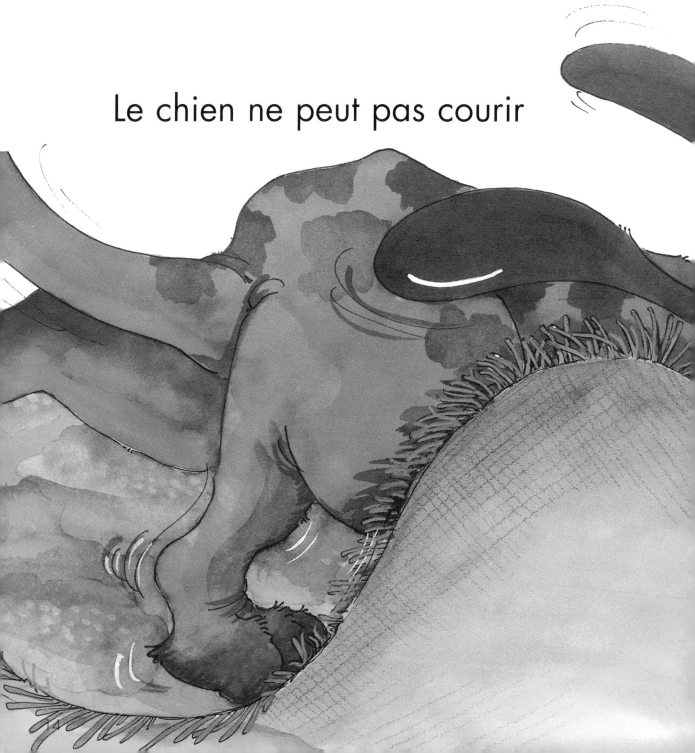

après le très gros chat.

C'est une bonne chose

19

pour le gros chat.

Le chat ne peut pas courir.

Le chat est trop gros.

Un drôle de couple,

ce chat et ce chien.

Le chien est vieux.

Le chat est gros.

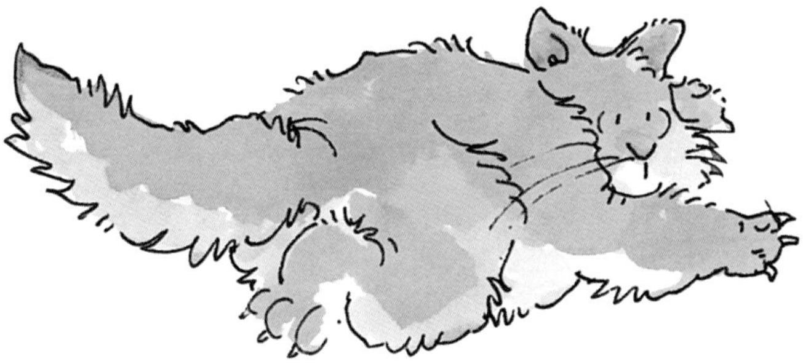

JE VEUX LIRE

Allons-y, papa!

As-tu peur?

Attendez-moi!

Chez grand-maman

Chien et chat

Des monstres

Il faut ranger

Je change la couleur des fleurs

Je choisis un ami

Je sais lire

Je suis le roi

Je suis malade

Je suis une princesse

L'heure du bain

La fée des dents

Le cerf-volant

Le nouveau bébé

Le temps

Ma citrouille

Ma nouvelle école

Ma nouvelle ville

Mes camions

Minou copie tout

Mon gâteau d'anniversaire

Regarde bien

Rémi roulant

Si tu étais mon ami...

Soirée pyjama

Une journée à la ferme

Une mauvaise journée